El zooilógico

MONTAÑA
ENCANTADA

Salvador de **T**oledo

Ilustrado por Javier Zabala

El zooilógico

EVEREST

Coordinación Editorial: Ana María García Alonso
Maquetación: Cristina Rejas Manzanera

Diseño de cubierta: Jesús Cruz

SEGUNDA EDICIÓN

© Salvador de Toledo
© EDITORIAL EVEREST, S. A.
Carretera León-La Coruña, km 5 - LEÓN
ISBN: 84-241-3444-3
Depósito legal: LE. 1561-2000
Printed in Spain - Impreso en España

EDITORIAL EVERGRÁFICAS, S. L.
Carretera León-La Coruña, km 5
LEÓN (España)

A la abuela Mari

1

Cuernecillo de canela,
orejas de pico largo
y su cuello es rascacielo
alto, alto más que alto.

Señorita algo estirada,
escalera sin peldaños,
una mesa, cuatro patas…
trotan, trotan muy despacio.

Señorita que se come
las hojitas de un gran árbol,
estampado tiene el cuerpo
y manchado está de barro.

Señorita, señorita,
tobogán de rabo andando,
caminante, caminante…
como un burro
que va en zancos.

2

Amapola en la hierba
de negro estampada,
gitanilla del campo
vestida de grana.

Roja–pinta,
color, colorada,
sarampión del prado
que vuela y que anda.

Volaba y volaba
cubierta de fuego,
carbón en sus alas.
Volaba y volaba,
lucía su traje
un poco manchada.

3

En mi casa
  hay un rincón,
con mil hilos
  lo han tejido
y con mucho corazón.

Lo tejió
  una costurera,
artesana
  de la trampa
y con buen hilo de seda.

Lo cosía por las noches,
por la tarde en primavera
le bordaba circulitos
y figuras geométricas.

Lo tejía con sus patas,
fantasmitas son sus telas,
sube y baja en ascensor
y no usa la escalera.

En mi casa hay un rincón,
lo han tejido con paciencia,
lo han cosido con amor,
lo tejió una costurera
que era dama y cazador.

4

Hada alada
de alfileres clavada,
flor que vuela
que en las flores descansa.

Blanca–roja,
azul–azulada,
primavera que muere
en cristal encerrada.

Amarilla–pinta,
se posa en las ramas,
ayer fue un gusano…
hoy es una dama.

5

Mechero gigante,
guardián de tesoros,
amigo de brujas
de magos y ogros.

Guardián de princesas
que lloran por todo,
guardián de la puerta
de ochenta cerrojos.

Guardián de castillos,
guardián de un rey loco,
guardián de la Torre
de imaginalotodo

(De dientes su blusa
    con filo de encajes,
de flecha de indio
    la cola del traje.)

6

Mi caballo, mi caballo,
mi caballo está pintado
con mil rayas de carbones…
sobre suave pelo blanco.

Mi caballo, mi caballo,
perseguido está en los campos
y praderas de la selva…
sin juicio es condenado.

Pobrecito, pobrecito,
caballito que es tan manso,
que su casa era tan verde
y ahora es de yeso blando.

Ahora sueña el caballito
entre dos metros cuadrados,
corre, corre entre alambradas
de zoológicos vallados.

(Mi caballo, mi caballo,
galopín va galopando,
galopín va con el trote,
galopando va trotando.)

7

(Historia de una carta hermosa,
historia de un niño nacido,
de nueve meses de vuelo…
historias contadas a un niño.)

Larguirucha de pico,
larguirucha de patas,
larguirucha de plumas
de la torre más alta.

Chocolate–natada,
flaqui–larga, pati–flaca,
silencioso tiene el vuelo,
ruidosas son sus alas.

¡Larguirucha, larguirucha!
de mil pueblos que la aman
y que esperan con paciencia
que muy pronto vuelva a casa.

(Campanas del pueblo,
un nido de ramas
como sombrero,
la única dama
que vive en la iglesia,
¡ha puesto un huevo!)

8

¡Qué cara
     colgado en la rama
su casa y su cama,
     impuestos no paga,
mudanzas diarias,
comiendo una col.
Blanco, rayado, marrón!

Casita colgante,
invierno de sol,
diablillo del campo
anda lento y resbalón.

Verano de lluvias
con cuernos de ascensor,
cuatro horas en seis metros,
tele tiene, televisor.

Casita, casita,
su casa rulot,
sin ruedas pasea
por la coliflor.

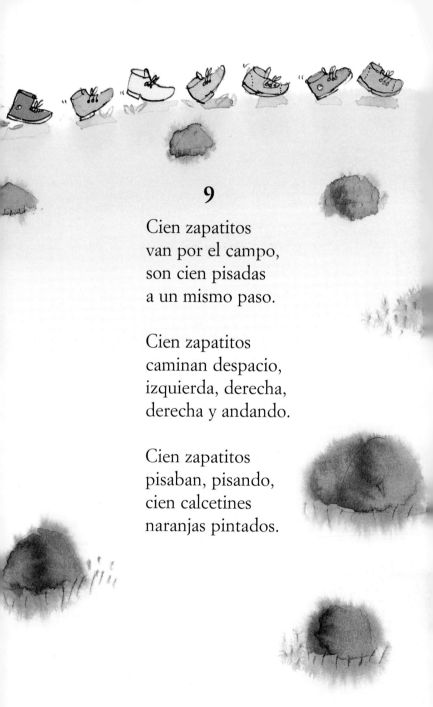

9

Cien zapatitos
van por el campo,
son cien pisadas
a un mismo paso.

Cien zapatitos
caminan despacio,
izquierda, derecha,
derecha y andando.

Cien zapatitos
pisaban, pisando,
cien calcetines
naranjas pintados.

No lleva armas,
pero va armado,
con sus tijeras
defiende su espacio.

Si cuentas sus patas,
cincuenta canarios,
si limpias sus botas…
¡vaya un trabajo!

Cien zapatitos
van desfilando,
un regimiento
de un solo soldado.

10

El lagarto está mojado,
tiene cara de pantano,
tiene boca de serrucho…
en el agua está embarrado.

El lagarto está pisado,
mil escamas ¡ten cuidado!
sus ojitos que te miran
con un traje verde claro.

Tiene cortas las patitas,
nada y nada coleando
va de izquierdas a derechas…
como un péndulo va andando.

(No más bolsos ni chaquetas
ni zapatos ni maletas
las corrientes, las orillas…
de los ríos de la selva.)

11

Ciudadano marroncillo
de plumas color de fraile,
en el árbol de mi casa
siempre duerme por las tardes.

Ciudadano marroncillo,
mañanitas en un cable,
salta y salta desde tierra,
vuela y vuela por los aires.

Ciudadano pequeñito
de la calle que es de nadie,
su corbata es negra y negra,
tiene patas como alambres.

(Ciudadano de la fuente,
de mil campos amarillos,
migajitas de pan tierno
van colgadas en su pico.)

12

Ojitos saltones,
boca estirada,
marciano verdoso
que flota en el agua.

Se esconde en los juncos
y vive en la charca,
garbanzo colado
que más tarde salta.

Come que come
mosquitos y larvas,
aletas de buzo
y canta que canta.

(Salta mi amiga,
salta que salta,
las patas traseras
el doble de largas.)

13

Condesita de la Grasa,
duquesita Tubería,
marquesita de la rota
de la vieja cañería.

Torpedillo disparado
de patitas superfinas,
rubia y negra son sus alas,
¡corre, corre que te pillan!

Silenciosos son sus pasos,
va del baño a la cocina,
tiene siempre mucha prisa
si despierta la bombilla.

(Es la reina de la noche,
es un hada bigotuda,
condenada para siempre
a vivir en la basura.)

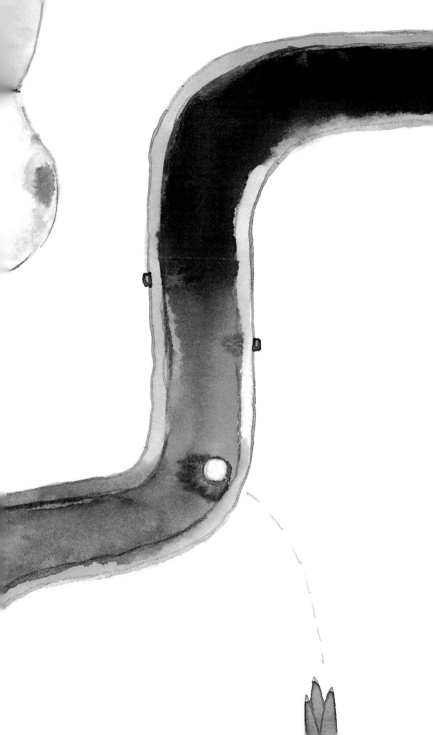

14

Ardilla elefante,
un conejo supergrande,
una "b" su cuerpo en tierra,
al revés la "p" saltante.

Manitas pequeñas,
ratón grandullón;
multiplica el tres sus piernas…
boti–boti, botador.

Maleta equipaje,
un gran muelle saltador,
cunita que salta y bota…
rabilargo roedor.

(Salta y salta
saltador,
mini–manos,
pies de planos,
roe–roe; roedor.)

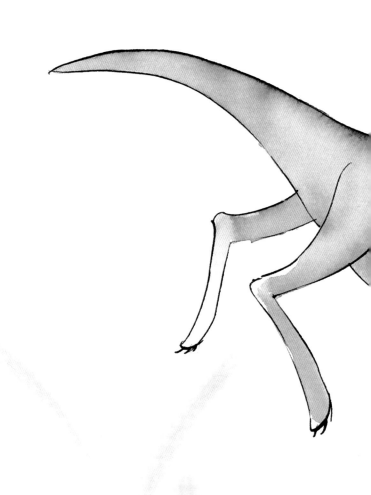

15

(Un duende
　　del campo
de un pino
　　b

　　　a

　　　　j

　　　　　a

　　　　b

　　　a
color que camina,
color que cambiaba.)

Duendecillo del pino
amante del sol,
verde su cuerpo,
disfraz de color.

Flaco lagarto
su lengua es su arpón,
su cola gigante
es un caracol.

Lento camina,
parece un dragón,
fantasma su cuerpo,
¡jamás se encontró!

16

(Orejón desbrochado,
pelo negro, pelo largo,
espejo de un hombre barbo,
espejo de nuestra historia…
historia de muchos años.)

Bana, banana,
la gran carcajada,
pirueta en el aire;
la vuelta de campana.

Bana, banana,
un árbol, su cama,
se come doscientas
en una semana.

Bana, banana,
de una a otra rama,
su risa se pierde
en jaula encerrada.

"Salta que salta,
salta chillando,
cuatro sus piernas,
cuatro sus manos.
Salta que salta,
algo agachado,
chinches pequeñas
debajo del brazo."

17

Pastores del pueblo,
ovejas de rojo el cuello,
la luna está llena
de aullidos de perros.

Gris–salvaje,
un personaje de cuento,
una canción para niños…
baja del monte en silencio.

Cazadores con trampas
con venenos y cebos,
Caperucita ha perdido
un buen compañero.

(Cinco han nacido,
son cinco dedos,
    de izquierda a derecha
    con giros muy lentos.)

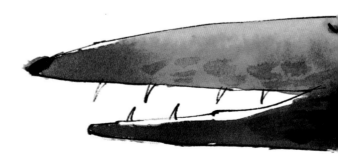

18

Cantante de plumas
de canto temprano,
el rey de la Cresta
de Ki–Kiricando.

Señor de espolones
no lleva caballo,
despierta a sus siervos…
Kikí–Kiricando.

Marqués de la granja,
reloj es su canto,
conquista a su amada…
Kikí–Kiricando

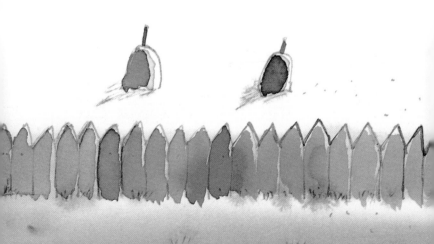

19

Avioneta de reconocimiento,
pesada, pesada…
¡un gramo peso!

Familiar zumbido,
alitas de espejo,
la cola del buey…
zig–zag es su vuelo.

Cosquilla en la cara,
cosquilla en el cuello,
anda que baila…
saltando en tu cuerpo.

Concierto en la mesa
de manos y dedos,
espía en la casa…
y ya no la veo.

(Basurera encantada,
loca y atontada,
nacida una noche
de luna muy clara.)

20

Amigo de magos,
de ogros de cuentos,
le temen las hadas…
la noche es su cuerpo.

Amigo de brujas
de un cementerio,
actor de películas
en series de miedo.

Amigo en el bosque
de muchos secretos,
de libros prohibidos,
de algunos misterios.

Volaba y volaba,
la luna es su cielo,
refleja su brillo
hechizos de negro.

21

De pelo–peluche,
su casa es de sueño,
dormido se queda
todo un invierno.

De pelo–peluche
¡mil tallos tiernos!
come que come
pescado muy fresco.

Camina a dos patas
a cuatro corriendo,
su alma está escrita
de noche en el cielo.

Vivía en el monte,
vivía en el hielo,
hoy vive enjaulado
rodeado de miedo.

¡Qué hermoso!
  ¡Qué goloso!
  ¡Qué furioso!
    ¡Ay qué miedo!
    ¡Qué perezoso!

22

Bigotillos finos, finos,
no se junta con el gato,
orejones pequeñitos,
algodones son sus pasos.

Perseguido en la cocina,
rodeado está en el baño,
atrapado en la salita
Dª Escoba da escobazos.

—¡No soy tan extraño!

Todos me miran
y gritan chillando.

—¡No soy tan extraño!

Todos me tiran
un par de zapatos.

Bigotillos finos, finos
y muy buen olfato,
come cualquier cosa
y en cualquier lugar
pone su cuarto.

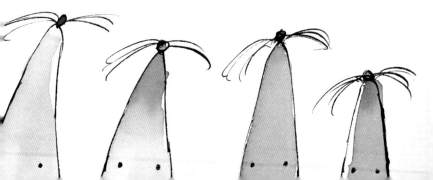

23

(Una bola de espinas
va por el campo,
pinchaba a las flores,
pinchaba a un lagarto;
pinchó a una rana
que estaba cantando.)

Montañita redonda
de flechas y dardos,
fortaleza de púas
que anda despacio.

Ejército armado,
valiente soldado,
un "¡Ay!" doloroso
de cuerpo afilado.

Minicerdo clavado
de alfileres del prado,
bomboncito de negro…
camina pinchado.

24

La abuela le lleva
semillas del campo,
le enseña las letras
del abecedario.

Repite palabras.
¡Es un gran letrado!
Sube bocarriba,
baja bocabajo.

Se pinta de verde,
se adorna de blanco,
de azul de colores
de flores del campo.

Se va de viaje
montado en un barco,
es fiel compañero
de grandes corsarios.

    (Parlanchín, parlante
    piquito, picante;
    colores sus plumas,
    su casa es de alambre.)

¿**S**abes quién se esconde en cada poesía?

Da la vuelta a la página

y lo adivinarás…

ABECEDARIO

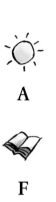 **A**
 B
 C
 D
 E

 F
 G
 H
 I
 J

 K
 L
 M
 N
 Ñ

 O
 P
 Q
 R
 S

 T
 U
 V
 W
 X

 Y

 Z

Poesía 1

Poesía 2

Poesía 3

Poesía 4

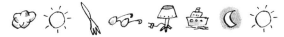

Poesía 5

Poesía 6

Poesía 7

Poesía 8

Poesía 9

Poesía 10

Poesía 11

Poesía 12

Poesía 13

Poesía 14

Poesía 15

Poesía 16

Poesía 17

Poesía 18

Poesía 19

Poesía 20

Poesía 21

Poesía 22

Poesía 23

Poesía 24